Benjamin Renner

Un bébé à livrer

Éditions Vraoum

Bonjour...

Est-ce que vous auriez l'amabilité de me décoincer
S'il vous plaît ?

Dis-moi, elles auraient pas un peu fermenté ces pommes?

BOMF!!

Non mais dites?!
Ça va pas bien de tomber sur la tête des gens comme ça?!
LE BÉBÉ!!!
OÙ EST LE BÉBÉ?!
RE-BOMF!!!
AAaaaah... Bébé!
La tête molle du monsieur a amorti ta chute...

Mais ! C'est un bébé humain ?!
Krok !
Bah oui ! Je suis une cigogne !
Je dois apporter les bébés à leurs parents !
Qu'est-ce qu'il y a d'anormal à ça ?!
Ne me dites pas que
vous ne savez pas comment
on fait les bébés ?

Il me semblait que ça faisait appel à un procédé un peu plus technique...
OUAAIIE !!
Mon aile ! Mon aile ! Je me suis cassé l'aile !!
C'est affreux !! Je ne pourrai jamais apporter ce bébé à ses parents !!
Il sera orphelin !
Triste !
Malheureux !
Intermittent...

À moins que...
AH NON NON! PAS QUESTION!!
Moi JE TOUCHE PAS À UN BÉBÉ! C'EST MOCHE, ÇA PUE ET ÇA CRIE!

Mais pas celui-là !
Regardez comme il est mignon !
BRAILLE!!!
Si vous lui faites peur
avec votre gros nez aussi...
Écoutez, c'est absurde !
Si on prend ce bébé...
VOUS LE PRENEZ ?!

HEIN?! MAIS NON!
Je n'en espérais pas tant de vous! Je suis si heureux!
Tenez! Voilà le biberon et l'adresse des parents...
- Hein?
Je suis tellement soulagé de voir ce bébé entre de bonnes mains...

Et merci encore !

AH BRAVO!! QU'EST-CE QU'ON VA FAIRE DE ÇA MAINTENANT?!
HÉ!! DIS TOUT DE SUITE QUE C'EST DE MA FAUTE!!
PARCE QUE C'EST LA MIENNE PEUT-ÊTRE?!
Je te rappelle que c'est sur TA tête qu'elle est tombée!!!
Oui! Mais c'est TOI qui lui as parlé le premier!

C'EST TA FAUTE!!!
NAN C'EST TOI!!!
Tiens! Salut les gars! C'est vous qui criez comme ça?!
JOYEUX ANNIVERSAIRE!!!

NOS VOEUX LES PLUS SINCÈRES!
LALALILALALÈRE!!!
Tiens! Ton cadeau!
Que?! Mais c'est trop gentil!
JOYEUX ANNIVERSAIRE!
JOYEUX ANNIVERSAIRE!
Vous êtes les seuls à y avoir pensé!

Mais... C'est pas mon anniversaire ?!
BRAILLE
IL NOUS RATTRAPE!
IL NOUS RATTRAPE!
BRAILLE
REVENEZ TOUT DE SUITE!

REVENEZ TOUT DE SUITE BANDE DE...
Mais c'est pas possible ?!
Où sont-t-ils passés ?

ALLEZ! SORTEZ DE LÀ!!!
Vous devez faire erreur. Je ne suis qu'un petit buisson qui se repose et qui...
Ah! Tiens! Qu'est-ce que tu fais là?

Qu'est-ce que c'est que ça ?
Eh beeeh... C'est un bébé...
JE VOIS BIEN QUE C'EST UN BÉBÉ !!
JE TE DEMANDE CE QU'IL FAIT LÀ !!
Mais c'est à cause de l'autre, là ! C'est lui qui...
C'est pas MA faute !!

oups...
SORS DE LÀ TOI!!!
Ah bah, t'étais là ?
CLOP
Bon, bon... Je sors...
C'est quoi ÇA?!
C'est un bébé que nous a donné une cigogne parce qu'elle s'est cassé l'aile.
Elle nous l'a donné pour qu'on l'apporte à ses parents.

Elle l'a donné à vous?
Oui.
Bon... Pour le bien de ce bébé, je ferais mieux de vous accompagner...

Ah bah c'est cool! On te laisse! Tu nous appelles quand tu auras fini.
En plus j'avais une sieste urgente à faire...
C'est bon... On vient... C'était juste une blague...
Aucun humour...

Donc voilà l'adresse...
Monsieur et Madame Duchamel 17, rue Archibald Fripoux à Avignon.
C'est où ça Avignon?
J'en sais rien.
Il faudrait demander à quelqu'un.
Bah oui mais à qui?
P'têt que Dédé il saura...

Dédé ?
C'est un cheval, il a dû voyager.
Tiens, le voilà...
Salut Dédé ! Est-ce que par hasard tu saurais où est Avignon ?
SPRRLLT

Et selon toi ce serait plutôt par ici ou par là?
SPRRRT.
C'est par là...
? ? ?
Mais comment tu peux être sûr que c'est par là?
T'as pas entendu?
Il vient de le dire.

Mais enfin, il a juste fait "spprrt" !
Bah, ça veut dire oui...
On est même pas sûr qu'il ait compris la question !
Mais bien sûr que si !
Dédé, t'es bien sûr que c'est par là Avignon ?
SPRRRT
Tu vois ! Il comprend très bien.
Bah oui.

Dédé, est-ce que cet individu est un incommensurable abruti?
SPRRRT...
Tu vois qu'il comprend rien!!!
Non mais là, il a manifestement pas bien compris la question!
Moi je vois pas le problème, pense qu'il a très bien compris la question.
Dédé, c'est pas plutôt lui l'incommensurable abruti?!
SPRRRT.

Il a rien compris du tout !
Là il a compris !
Dédé, est-ce que tu confirmes que c'est lui le plus crétin de nous deux ?
SPRRRT
Dédé, tu trouves pas qu'il a une tête d'anchois desséché ?
SPRRRT

Tu trouves pas que son bec ressemble à une carotte moisie?
SPRRRT
Tu trouves pas que ses oreilles ressemblent à des vieilles chaussettes?
SPRRRT
Hey, attends-nous!
On va par là finalement?
Oui.

Mais t'es sûr que c'est par là ?
J'en sais rien! Mais il faut bien aller quelque part!
Fais voir la carte, il y a peut-être une indication qu'on n'aurait pas vue...

Je reviens, j'ai dû laisser tomber un truc là-bas...
Et voilà, on a perdu l'adresse...
e me rappelle que la ville s'appelle Avignon...
L'espoir revient...
Je me rappelle même plus du nom des parents...
C'était quelque chose en "mel".
Béchamel... Gamelle... Gargamel...

Hé les gars ! On est sauvés !
T'as retrouvé l'adresse ?!
Nan, mieux que ça...
J'ai croisé un type et je lui ai demandé s'il savait où était Avignon...
Il est allé chercher tous ses potes parce qu'eux sauront sûrement...
Cool !!! Et ils arrivent bientôt ?

Sûrement! Il m'a dit qu'ils seraient impatients de nous rendre service...

Mais puisque je vous dis que c'est par là, Avignon !!!
Heureusement que t'es là parce que sinon ce serait vraiment trop simple!!!
Faut les semer!!!
Attendez!! J'ai un plan!!!
NAN! Empêche-le d'avoir un plan ou on est foutu!!
On va sauter sur le camion là-bas!

Un camion, où ça?!
Là-bas! Sur la route!!
IL DÉMARRE!!!
DÉPÊCHEZ-VOUS!!
ALLEZ LES GARS!

PLUS VITE! PLUS VITE!
JE FAIS CE QUE JE PEUX!!

VAS-Y! SAUTE!!

TCHAK!

PFFFF... Sauvés...

Mais il va où ce camion?
On s'en fout, ce sera pas pire qu'ici...
BOUCHERIE
LESANGLANT

Aloooooors ?! C'était pas une bonne idée mon idée ?
hein? hein?
Avouez que c'est quand même moins fatigant !
Moui...
Et puis on profite du paysage !
Là, la jolie petite forêt...

Ici, les jolis zozios...
Ici, la jolie tête de cochon en sang empalée sur le mignon ressort...
Bon...

ON SE CASSE!!!
Boucherie
LE SANGLANT
Nous revoilà à pied maintenant...
L'essentiel c'est qu'on soit sain et s...
Krok

MINCE !! J'AI OUBLIÉ LE BIBERON DANS LE CAMION !!!
Bah... T'en fais pas... On en trouvera un autre sur le chemin.
Tu m'as fais peur... Pendant un moment j'ai cru qu'on avait oublié le bébé...

JE VOUS DIS QUE NON!!!
ON TROUVERA PAS UN AUTRE BÉBÉ
SUR LE CHEMIN!!

LÀ-BAS! LE CAMION!!
Il entre dans ce village.
Dépêchez-vous si vous voulez pas retrouver le bébé en gigot!!
Mais elle est passée où cette camionette?

Aucune idée.
Elle a dû aller à sa boucherie!
Attends, je vais aller me renseigner.
Te renseigner?! Mais à qui?
Bah... Je sais pas... Quelqu'un...

En attendant, on a qu'à chercher par là...
Mais t'es sûr qu'il sait ce qu'il fait?
Hep Madame! Oui, vous, là-bas!
Bah oui! Il est pas bête. Il sait à qui s'adresser.
Des fois on dirait que tu nous fais pas confiance...
Hep! Je vous parle! Hep!

Je ne sais pas monsieur l'agent...
Ce canard me suit depuis tout à l'heure
en caquetant! C'est comme s'il essayait
de me dire quelque chose!

Dis... Il en met du temps l'autre pour un renseignement...
LÀÀÀ!!!

LA BOUCHERIE!!

C'est bien une boucherie, mais comment être sûrs que le bébé est dedans...

J'ai un plan...

Un bébé bien frais SVP
C'est bien... Garde l'air naturel...

CHÉRIE!
Un bébé bien frais SVP
Alors? Ça marche?!

Chérie, c'est étrange!
Regarde ce que j'ai trouvé dans le cam...
Un bébé bien frais SVP

Hé Marcel ! Regarde ce que j'ai trouvé dans la r...

Ah! Vous aussi vous l'avez trouvée la boucherie?
BRAAIIIILLE!!!
COIN!!
BRAIIIIILLE!!!!
GROÏNK!!
SPLAF!!

TRIIII!!
TRIIIIII!!
TRIIIIIII!!
QU'EST-CE QU'ON FAIT MAINTENANT?!
QU'EST-CE QU'ON FAIT??!

J'AI UN PLAN!
SUIVEZ-MOI!!
TRIIIII!!
TRIII!!

Tu verras... C'est bien d'être assigné dans cette région. C'est plutôt calme...
Bon... Je te cache pas que quelquefois on a droit à des rigolos... Mais bon...
BRAILLE

MON BÉBÉ!!
MON CANARD!!
MON SCOOTER!!
BRAiLL

MON BÉBÉ!
MON SCOOTER!
MON CANARD!
Effectivement...

ÇA Y EST!!
ON LES A SEMÉS!!!
BRAiiiLLE
Dites, le bébé arrête pas de pleurer!
Je crois qu'il a faim!
BRAiiiLLE
Bah oui... Mais on a perdu le bib...
LÀ-BAS!! DES VACHES!!
BRAiiiLLE!!
Y'en a bien une qui nous donnera un peu de lait!

Bon, je vais aller chercher le lait...
Nan, laisse. Tu sais pas faire...
Gazou! Gazou!
Comment ça je sais pas faire?!
Tu connais même pas les règles de base pour traire une vache...
GNAP!
Les règles? Quelles règles?!
Règle n°1: Avoir le doigté fin et délicat... Ce que tu n'as pas...
Doigté fin et délicat...mgnmrgn...
Je t'en foutrai moi des doigtés fins et...
Excusez-moi Madam
Vous permettez?

MEUUUH!!
BOMF!
SCHPLAAF!
Règle n°2 : ne pas confondre le taureau et la vache...

Et comment il s'appelle ce petit ange?
À vrai dire on n'en sait rien...
C'est vrai qu'il faudrait lui trouver un nom!
Sprotch!
Pourquoi pas Daffy Duck comme le canard?
Moi je préfererais Bugs! Comme Bugs Bunny.
Snif
Snif
Daffy Duck!
Bugs Bunny!

DAFFY DUCK!!!
BUGS BUNNY!!!

Ce sera Piggy!
Comme Piggy la cochonne!

Bon bah... Il faudrait trouver un moyen de la changer maintenant...
Il y a une ferme pas loin où ils font sécher des langes.
Bien! Il faut qu'il y en ait un qui s'occupe d'aller chercher des langes pendant que les autres nettoient le bé...

...bé
C'EST BON! ON Y VA!!!
ON S'EN OCCUPE!!!

Qu'est-ce qu'ils sont serviables vos amis!
Question de point de vue...

Pfooouuuu! On l'a échappée belle!
Oui, enfin maintenant il faut trouver un lange...
Voilà la ferme!
Là-bas! Je vois les langes!
Vas-y! Je vais faire le guet.
Ok!

ninja ninja ninja

HÉHO!!
QU'EST-CE QU'IL Y A?!
FAUDRAIT QUE TU FASSES GAFFE!!
GAFFE À QUOI?!

À PAS RÉVEILLER LE GROS CHIEN QUI FAIT LA SIESTE AU FOND DU JARDIN !

Ah oui... Quand tu disais coincé, ça voulait dire coincé...
Il est encore vivant au moins?
Je crois qu'il refuse de l'avaler. Il préfère le mâchonner...
Comment le faire sortir de là?
Il faudrait qu'il ouvre la bouche pour recracher...
Mais pour ça, faudrait l'asphyxier...

Plus bas... Un peu plus bas...

Dépêche-toi avant qu'il se réveille!
Dis pas merci surtout...
Et la prochaine fois, vous ferez gaffe!
Moi je lui avais dit de faire attention...
Bon, il faut lui refaire sa couche maintenant...
Ah ça, je sais faire...
Aussi bien que tu sais demander ton chemin aux gens dans la rue?
Ga!
Ta! Ta! Ta! Tu vas voi

Je suis un pro en acupuncture.
Heu... en origami tu veux dire...
Oui c'est pareil...
KROK
Alors on prend chacun un côté...
Oui
On se rejoint...
Là tu plies, gauche, droite, tu fais une maille à l'endroit, tu tournes à droite, tu prends la première à gauche, tu fais un nœud ascendant en suivant la courbe de bouvier, tu tires le tout et...

♪ TADAAA!!!
C'était pas tout à fait comme ça avant il me semble...
Ga!
Oui, c'est parce que je l'ai optimisée...
Optimisée?
Jusqu'à maintenant on la transportait dans nos bras...
Bah maintenant, on peut la faire rouler avec les pieds!
Ga!

MAIS ENFIN! ON VA PAS ROULER LE BÉBÉ PAR TERRE!!!
Bah pourquoi pas?

PARCE QUE C'EST DÉGUEULASSE! ET PUIS C'EST DANGEREUX!
AH ÇA! DÈS QUE C'EST PAS TOI QUI PRENDS UNE DÉCISION C'EST FORCÉMENT DANGEREUX ET SALE!!!

Et qu'est-ce qu'il y a CONCRÈTEMENT de dangereux à faire rouler un bébé !
BOP

Est-ce qu'on pourrait pas essayer de garder ce bébé plus de 5 minutes d'affilée?
Dépêchez-vous! Elle va nous semer!!
Je la vois! Elle est là-bas!!!
T'en fais pas Piggy! On arrive!

BÉBÉ! BÉBÉ!
ÇA VA?!
Elle a perdu en expressivité, non?
Oui, elle a l'air pâlotte...
C'EST PAS PIGGY!
C'EST UN BALLON DE FOOT!!
OÙ EST LE BÉBÉ?!
Je crois qu'elle n'est pas très loin...

Seulement, je pense
que ça va bientôt changer...

IL FAUT FAIRE QUELQUE CHOSE!!!
ILS CONFONDENT PIGGY AVEC LEUR BALLON!!!
BOP
RHAAAAAAAAA!!
BOP

C'était quoi ton plan exactement?
PITIÉ! PITIÉ!
BOP
Bah je leur ai envoyé le cochon en pensant que ça ferait diversion...
BOP
PAF
Et ça a marché, regarde! Ils ont confondu le ballon avec le cochon et ils ont laissé Piggy tranquille!
BOP
SCHPLAF
Ça aurait pas été plus simple de leur envoyer directement le ballon?
NAN!! PAS LE PENALTY!!

SCHPLAAF
Il va m'en vouloir hein?
Aaaah... s'il s'en sor
vivant c'est probable..
Comment on va
le sortir de là?
Gouzou gouzou!
Ga!

Alors?
J'ai un plan.
Psssst...

BOMF!!
Première phase: Substitution du goal...
Deuxième phase: Remplacement du goal...
Et y'a plus qu'à attendre qu'ils nous envoient le cochon.

Encore faut-il que tu arrives à l'attraper...
Ça veut dire quoi ça?
Rien, rien... Ça m'étonnerait juste que tu l'attrapes...
Et pourquoi je serais pas capable d'arrêter le cochon?!
Parce que t'as autant de réflexes qu'une moule anémique...

POUM!
Rhaaaaaa....
HA! HA!
TAGADA
TAGADA
ALORS! C'EST PAS UN SUPERBE ARRÊT, ÇA?!
TU TE FOUS DE MOI?!! IL EST ARRIVÉ DIRECT À TES PIEDS!!

RRHHHHH
RRHHHHH
C'est dingue! Tu veux vraiment pas reconnaître que j'ai du talent!
DU TALENT! Tu l'as même pas vu venir!!!
PIF!
Peut-être mais j'avais senti qu'il arriverait juste là!
T'as rien senti du tout!!!

Mais c'est fou comme tu peux nier l'évidence!!!
Grâce à mon intuition je savais qu'il arriverait juste là!!
Alors ça c'est ballot...

Ah ça ! Tu l'as senti venir mais tu l'as pas senti repartir.
TOI JE SENS QUE TU VAS T'EN PRENDRE UNE SI TU CONTINUES AVEC TES REMARQUES !!!
Tssssss... Barbare...
BOMF !!
ALORS !! Je l'avais pas sentie celle-là ?! Hein ? Hein ?!

BALLON!
BALLON!
Alors toi tu vas...

Si ça te dérange pas on verra ça plus tard...

BALLON!
BALLON!
LÂCHE-MOI!! JE PEUX COURIR TOUT SEUL!!!
Rentrez la tête ! On va repasser dans le trou!

JE TE DIS DE ME LÂCHER!!!
PFouu... On s'est enfin tiré de là...
Mais attends ! Il manque quelqu'un, là !

Raaaaaaaa....
Enfin! Je t'avais dit de rentrer la tête quand on passait dans le trou!
Ça a pas l'air d'être la grande forme...
Lâche-le pour voir s'il tient debout?
Oh ça va?

FLOP...
Il a l'air un peu plat quand même...
Grmxgnflmrgo...
Attends, je crois qu'il essaye de dire quelque chose...
Je vous hais...
Le pauvre... Il délire...

On va s'occuper de toi, t'en fais pas !
Tu dois sûrement faire une carence en vitamines...
TAP TAP
Où est-ce qu'on pourrait trouver des vitamines dans le coin?
Il paraît que la terre c'est plein de minéraux et d'oligo-éléments...
Ah bon?
Et pour peu qu'il y ait un ver de terre, ça fait les protéines...
Ça m'a pas l'air très bon quand même...
Nan mais c'est parce qu'i faut y mettre les formes

♫ TADAAA!!!! ♫ ♪
Tiens! Mange! Tu m'en diras des nouvelles!!

Je veux pas...
Bah goûte avant de dire que t'en veux pas...
J'ABANDONNE ! Je veux pas m'occuper de ce bébé !!
C'est à VOUS que la cigogne a donné le bébé ! Pas à MOI ! Moi, je voulais juste vous aider !!

Je voulais pas risquer ma vie toutes les deux minutes à cause de deux décérébrés qui rameutent les renards, m'enferment dans des boucheries ou me balancent au milieu d'un match de FOOT!!!
J'en ai marre de VOUS! J'en ai marre de ce BÉBÉ!!! Alors maintenant vous vous débrouillerez SANS MOI!!!
CIAO!!!
Ga!

Grmblmblmmgn...
Je pense avoir quelque chose qui vous appartient...
Pardon?
Je dis que je pense que ceci vous appartient...

L'adresse des parents de Piggy...
Ça ne me regarde plus... Donnez-la aux deux autres là-bas.
Gros lâche...
PARDON?!!
C'est à croire que vous ne l'avez jamais aimé ce bébé...
ÇA N'A RIEN À VOIR!!

Ah c'est facile de faire culpabiliser les autres quand on est tranquillement assis sur sa branche!!!
Allez-y, vous! Moi je tien pas à laisser ma peau à cause de deux abrutis décérébrés!!
Certes... J'admets qu'ils n'ont pas l'air très dégourdis du bulbe...
Ah non... Pas très!
Mais malgré tous les obstacles que vous avez rencontrés, eux n'ont jamais abandonné...

Et vous, vous abandonnez dès le premier pépin venu...
C'est bon, j'ai compris, j'y retourne...
Dans ce cas-là, je vous conseille d'y retourner assez vite...
Pourquoi ça?

Parce que la dernière fois que je les ai vus, ils venaient de trouver une idée pour expédier le bébé directement à Avignon...
C'est-à-dire ?
Ils parlaient d'une catapulte géante...
Mais quelle bande de crétins, abruti...

Mais puisque je te dis que c'est par là Avignon!
Et moi je t'assure que c'est par là!!
ATTENDEZ!!
ATTENDEZ!!!

Bah... T'es revenu?
On croyait que t'étais parti!
HHHH...
Suis hhh... revenu hhhh...
pour vous aider hhhh... ramener hhh...
bébé hhhh... à ses parents...
hhhhh...
hh...

Ah nan mais c'est bon ! On a trouvé un plan !
On va envoyer le bébé direct chez ses parents !
ffff... ffff...
Mais... hhh... vous connaissez même pas hhh... direction hhh... Avignon...
Ah si moi je sais... C'est lui qui sait pas.
Catapulte hhh... dangereux... pour bébé... faut pas... hhh... essayer hhh... vais vous aider... ramener... hhh... le bébé...
Quoi ?
Tu veux essayer toi-même la catapulte parce que c'est dangereux pour le bébé ?

C'est un peu vexant que tu doutes de l'efficacité de notre méthode mais je comprends que tu t'inquiètes pour le bébé...
HHH... NoN!!
Hhhh... C'est pas hhh... ce que... Hhhh... je voulais hh... dire!!

Nan mais je sais que c'est pas ce que tu voulais dire, tu voulais pas me vexer!! Tu veux juste t'assurer que le bébé se fera pas mal!
Ga?
NoN HHH!!!
NON HHH!!!

À l'atterrissage roule-toi en boule pour amortir la chute...
HHH... DANGEREUX!!! DANGEREUX!!!
T'es prêt?
TAÏAUT!!!
SCHPLAAF!!!

Tu diras ce que tu veux
mais Avignon c'est pas par là...

Oh, ça va ?
On a dû faire quelques erreurs de calcul...
Mais peut-être si on essaye dans l'autre sens...
NAN!!! ON ABANDONNE LA CATAPULTE!!!
Nan mais ça a pas marché cette fois-ci, mais si on...
On ne catapulte pas un bébé!! Ça se fait pas!

Et du coup, on fait quoi ?
Il y a un hibou dans la forêt là-bas, c'est lui qui a retrouvé l'adresse... Ave
de la chance, peut-être qu'il saura où est Avignon...
Un hibou ?
Ça sort pas que la nuit les hiboux ?
Bah oui... Mais il fait déjà presque nuit...
Il était où ton hibou ?
Ben...

Hou Hou

Il était par là...
Je crois.

Finalement je sais pas si c'était une très bonne idée de chercher un hibou dans une forêt à la tombée de la nuit...

Là-bas, de la lumière! Ça doit être le hibou!!!

Depuis quand ça fait de la lumière les hiboux?!
Comment tu crois qu'ils arrivent à voir dans la nuit?
LA LUMIÈRE! ELLE VIENT VERS NOUS!!!

CACHEZ-VOUS !!
CACHEZ-VOUS !!

Et tu crois qu'il sait qu'on est là ?

Tu parles que oui ! Ça vit dans la jungle ces bêtes-là, alors la forêt pour lui ça doit être un jardin d'enfants...
On a interêt à être vigilant alors !

Il faut le retrouver et le capturer avant que les gens apprennent qu'il s'est échappé du zoo, sinon ça va être la panique !

Il a une drôle de tête ton hibou...
Ils sont partis?
Ça m'inquiète un peu cette histoire de bête échappée d'un zoo... On ferait mieux de rester discret.
BRAAIIIILLE!!!
FAIS-LA TAIRE!!
FAIS-LA TAIRE!!!
BRAIIILLEE!!

LÀ! IL EST LÀ!!!
TIRE! TIRE!
BRAÏLLE!!!

PANG!!
OUAAÏE!!!

JE L'AI EU?! JE L'AI EU?!
HEY! Mais ça fait mal, ...
BRAiiLLEE!!

NAN! IL BOUGE ENCORE!!!
ILS L'ONT TUÉ!!

IL NOUS CHARGE!
BANDE DE SALAUDS!!
VOUS AVEZ TUÉ MON POTE!!
Oh ça va?

Mais?

PAF
BOMF
BAF
GNAAA!!
Ga!
Une cartouche de sédatif ?!

TOUT VA BIEN ! Il s'est fait tirer dessus avec une cartouche pour endormir !!

BOMF
BOMF
BOMF
BANDE DE SALAUDS!! VOUS AVEZ ENDORMI MON POTE!!
ET QUE JE VOUS Y REPRENNE PLUS!!!

Bon... Allons-nous en avant que la bête qu'ils cherchaient nous trouve...
GRzzzxxx...
GRzT
Flbmxflxmm.

PET

On voit plus rien...
Merci, j'avais vu...
GRRRR!!!
C'est toi qui as fait "grrr"?
Ben non...
Alors c'est lui qui fait "grrr"?

Nan lui il fait "Flmzgrmblmr"...
Alors qui c'est qui fait "grrr"?
C'est pas lui, là?
Qui ça luiaadAAAAHH?!!...
QUI ÊTES-VOUS?! QU'EST-CE QUE VOUS FAITES LÀ?!
Rien rien... on fait que passer...
JAMAIS JE ME LAISSERAI CAPTURER!
Non mais on voulait pas déranger, on s'en va ta...

ET SI VOUS ESSAYEZ J'HÉSITERAI PAS À VOUS ASSASSINER AVEC MES GRIFFES!! À VOUS ANÉANTIR AVEC MES CROCS!!
Non mais je vous assure que...
VOUS OCCIRE!! VOUS LAPIDER!! VOUS MASSACRER!! VOUS TRUCIDER!!
VOUS DÉCIMER!! VOUS foudroyer! Vou...
CLIC
Je crois qu'il bluffe...

J'ai peut-être pas de griffes acérées mais je peux vous pulvériser grâce à mes ondes mentales! Alors foutez le camp!!
C'est vous que les gardiens du zoo recherchent?
Comment? Vous n'êtes pas les gardiens du zoo?!
Ah non!
Les gardiens du zoo ils sont là-bas...
Enfin ce qu'il en reste...
Mais qu'est-ce que vous faites là dans cette forêt en pleine nuit?!
On cherche une chouette pour aller à Avignon...
Parce qu'on doit y amener un bébé à ses parents...
Ga!
Ils sont partis, chéri?

Tout va bien, mon amour! Ce sont de charmantes personnes qui emmènent un bébé à Avignon.
Je vous présente ma femme! Nous sommes des tarsiers des Philippines.
Des Philippines?
Le zoo nous a capturés, moi, ma femme et nos enfants, pour nous amener ici. Mais on s'est échappé et on essaye de rentrer chez nous...
Vos enfants? Vous êtes avec vos enfants?!
Bah oui! Enfin je crois... Où sont les enfants, chérie?
Je ne sais pas... Ils m'ont dit qu'ils allaient t'aider.
Râââââàáaa.

Hey! Mais ça va mieux toi!
Qu'est-ce qui s'est passé?!
M'aider? Mais comment?
Je sais pas...

BOMF!!

Méchant zoo!!
Plus que deux!
Ouéééé!
Bouh!
On l'a eu Papa!!

Sus aux gardiens du zoo!!
Méchants!
Visez les deux autres!!
Bouh!
Les enfants!! Arrêtez ça tout de suite!
NON MAIS ÇA VA PAS?!

Mais heeuuu!
Rhô!
On veut juste chasser les gardiens du zoo!
ON N'EST PAS LES
RDIENS DU ZOO!! ALORS
LÂCHEZ CE CAILLOU!!!
Ça va?
Ça va?
BOMF!!
'est lui qui l'a demandé!
LES ENFANTS!! VOUS L'AVEZ FAIT EXPRÈS!!!
C'est fini?
RHÂÂÂ! MAIS C'EST PAS VRAI!!
DESCENDEZ IMMÉDIATEMENT!!!
Ça va? Votre ami va bien?
À VOTRE AVIS?!
De toute façon il était déjà K.O. ...

Houlà... Il a pris un coup quand même...
Deux coups il me semble...

Vous devriez vous reposer avec nous, le temps qu'il se remette...
C'est pas dangereux ici? En pleine forêt?

Oué!
Ouéé
Oué
Oué
Aidez le monsieur tout plat à grimper, les enfants...
On dort en sécurité dans les arbres... Venez!

Un peu plus haut...

Là, on sera bien.

Installez-vous ici! Nous, on va faire le guet...
Vous dormez pas?

Nous sommes nocturnes. On ne dort pas la nuit.
On gardera un œil sur vous cette nuit pour que vous soyiez rassurés...
Ah... Bon...

Bon... Bah, j'éteins alors...

CLIC

Mamie?
Mé nan! Je suis pas ta mamie!
Maman, Papa! Le monsieur tout plat il est réveillé!!!
Ça y est? Il va mieux?
Poussez-vous les enfants, laissez-lui de l'air...
Ça va? Tu tiens debout?
On a cru que tu te réveillerais jamais!

T'as pris de sacrés coups hier soir...
Essaye de marcher un peu pour voir?
BOMF!!
On aurait peut-être dû le prévenir qu'on était dans un arbre...
Mais c'est pas vrai... Mais c'est pas vrai...
GRAT... GRAT
Ça va?
Pitié... Pitié...

T'en fais pas... Tu pourras pas tomber plus bas...
Allez me chercher de l'eau s'il vous plaît...
Il reprend ses esprits...
Hop Hop Hop
Ga!
Les gars! Je crois que je délire... Je vois des yeux partout!
Non, ça c'est normal... Nous aussi on les voit...

Ce sont des tarsiers, ils se sont échappés du zoo et maintenant ils rentrent chez eux...
Tiens.
C'étaient eux que les gardie
du zoo recherchaient. Ils t'ont confondu avec eux...
Désolé!
Bon! C'est pas tout, mais nous on doit retourner aux Philippines! On a de la marche à faire!
Les Philippines!
Ouéé!
En Route!
Youpi!
Vous allez aux Philippines à pied?
Oui.

C'est pas un peu loin quand même ?
Slurp
On verra bien...
Vous feriez mieux d'y aller en avion...
Comment veux-tu qu'ils pilotent un avion ?
Pas besoin de le piloter. Ils n'ont qu'à s'envoyer par courrier...
Ils se mettent dans un carton, Ils y mettent des timbres avec l'adresse et zou! Ils ont plus qu'à atten...

MAIS TU ES UN GÉNIE!!!
C'est trop bête que tu n
penses que maintenant! On aurait pu gagner tellement de temps!
Mais j'ai eu l'idée il y a longtemps...
Pardon?
Et tu as eu l'idée il y a combien de temps?

Quand tu nous as abandonnés j'ai proposé d'envoyer le bébé par la poste...
La sécurité d'abord...
Mais il m'a dit que ça pourrait être dangereux pour Piggy...
Donc par sécurité vous avez choisi la catapulte géante...
Ben oui...
"Génie" était un terme quelque peu excessif...

Allons, dépêchons-nous !
Mais où va-t-on ?
On va vous envoyer par la poste dans les Philippines et Piggy sera envoyée chez ses parents à Avignon.
Vous arriverez chez vous beaucoup plus vite ! Qu'est-ce que vous en dites ?
Ça m'a l'air parfait ! Allons-y !

Nous sommes passés dans un village vant d'arriver ici. Il doit y avoir un bureau de poste là-bas...
Je peux monter sur ton dos, monsieur ?
C'était par là-bas ! On va suivre la route...
Bah oui, si tu veux.
... Ouééé !!
Moi aussi !
Ouéé !
Moi aussi !
Moi !
Moi aussi !

Trot'
Trot'
Trot'
Trot'
Trot'
Trot'
Trot'
Trot'
Trot'

POUF
Les temps changent...

BUREAU DE POSTE
Voilà le bureau de poste...
Ça va? Ils ne vous embêtent pas trop?
Mgnfrm...

Allons chercher des cartons pour faire les colis...

Voilà! Ceux-là seront parfaits.

u seras bien dedans, Piggy...
Allez les enfants ! En voiture !
CLAP CLAP
Oué ! Oué ! Oué ! Oué ! Oué !
Et bien, je crois qu'on est prêt !
FUAAA !
Il est temps de nous dire au revoir...

Au revoir !!!
Fais un bon voyage petite Piggy.
Gouzou ! Gouzou !
Snrf...
Tu pleures?
Non, je transpire des yeux, c'est tout...
Asseyez-vous les enfa
On va y aller aussi...
Le monsieur il pleure...
Arf
Arf

On vous dit au revoir également.
Au revoir ! Et merci encore !
Allez hop ! On va à la poste !
Au fait... Vous pensez pas que les humains de la poste vont trouver ça bizarre qu'un cochon, un canard et un lapin veuillent envoyer deux colis ?

Mince, c'est vrai! Ces humains ne se rendent service qu'entre eux.
Déjà qu'ils refusent de répondre quand on leur demande poliment le chemin...
Houuu! Toi je sens que tu penses à la même chose que moi!
JE PENSAIS PAS DU TOUT À ÇA!!!

Ce plan ne va jamais marcher! C'était déjà une catastrophe la première fois!
Ttttt... Ça avait pas marché parce que ta prestation était lamentable...
Laisse-moi te montrer le vrai talent...
Grmblmm...
Molière me regarde...

Brrrmmbrrrlbrmmm...
C'est pour envoyer ces deux colis ?
Quelle est la première adresse ?

Monsieur et Madame Duchamel
17, rue Archibald Fripoux
à Avignon.
Et l'autre adresse ?
M & Mme Tarsier
1, rue des Philippines
Bourg-les-Philippines
Philippines...

Bien... Ça fera 50 euros.

Il y a des gens qui sont pressés, monsieur…

CLOP
Il faut encore 49,90 euros, monsieur...

Non monsieur, ça ne fait toujours pas assez.

Disons qu'il y a le compte!
Bien... Quel colis va à Avignon? Quel colis va dans les Philippines?

Alors ? Lequel va à Avignon ?

Monsieur... Les gens attendent...
Celui-là ?
Bien... Je mets l'adresse dessus...
Et là je mets l'adresse
dans les Philippines...

Voilà... Bonne journée, monsieur.
Il dirait même pas merci.
Ah ces jeunes..., Ils sont de moins en moins polis...
Oui... Et de plus en plus poilus...

HA! HA! ON A RÉUSSI!
Ton plan était super!
Tu m'as épaté! J'étais sceptique au début mais tu as été grandiose!!
Ah... Ah... Oui.
On peut rentrer l'esprit tranquille à la maison maintenant...
J'imagine déjà le visage ébahi des parents de Piggy quand ils la recevront.

Elle grandira dans une famille qui l'aimera dans une belle maison à l'abri du danger !

Et tout ça grâce à nous !
Enfin surtout grâce à lui !

Oui c'est vrai!
burp...
Eh! Ça va pas?
Je... je fais une petite pause...

Ah ! Tu t'inquiètes parce qu'on ne peut pas savoir si elle va bien !
T'en fais pas, je suis sûr à 100 % qu'elle arrivera bien chez elle !
Oh tu sais, on n'est jamais sûr à 100 %...
50 % tout au plus...
Ah Ah !
Qu'est-ce que tu as fait ?
Oh rien... rien...
Il fait chaud non ?

Ton teint pâle, tes oreilles
berne, tu as fait quelque chose...
Mes oreilles?
Mais pas du tout!
QU'EST-CE QUE TU AS FAIT?!!
Disons qu'il y a une mini micro
ance que j'aie malencontreusement
versé les adresses sur les paquets...
Tu veux dire qu'il y a une chance sur deux pour que Piggy soit en route pour les Philippines?
Oh dis! Il y a aussi une chance sur deux pour qu'elle aille à Avignon!

Vu la chance qu'on a eue jusque-là, je doute fortement qu'elle soit en route pour Avignon...
Bon... Ben qu'est-ce qu'on fait ?
CE QU'ON FAIT ?! ON VA VÉRIFIER LES PAQUETS AVANT QU'IL NE SOIT TROP TARD, TRIPLE ANDOUILLE !!!

Mais mettez-vous à ma place! Qu'est-ce que je pouvais faire ?!
TU AURAIS PU RESSORTIR ET VÉRIFIER LES PAQUETS !!!

Oui c'est vrai, j'aurais pu faire ça...

Ils ont déjà commencé à charger !
Vous voyez le paquet de Piggy ou des tarsiers?
Là! J'ai l'impression qu'il en charge un des deux dans le camion de droite!
Et je crois que l'autre est déjà dans le camion de gauche!

Lequel peut être celui de Piggy ?
Tu vois que c'est pas si simple de les différencier...

Allez ! On tente celui de gauche.

Là ! Le paquet à destination des Philippines !

Alors? Alors?
SCRATCH
SCRITCH
PIGGY !!!
Ga.
Elle était dans le mauvais paquet !!! Elle partait direct pour les Philippines !!!
Ga?
CLOP

BOM
BOM
BOM
ON EST ENFERMÉ!!!
LE CAMION! IL DÉMARRE!!!
VROAAAMMMMMM
Mais où on va?!
À TON AVIS!
On part tout droit pour les Philippines!
VRÔÔÔÔÔÔÔMMMMM
Je... Je suis désolé...
Tout est de ma faute!

Je voulais juste aider Piggy, je voulais pas l'envoyer dans les Philippines !!
À cause de moi elle verra jamais ses parents !! Elle moisira dans la jungle et sera dévorée par des bêtes !!!
Calme-toi... Ça va aller...
Pour le moment on va juste à l'aéroport. Dès qu'on en aura l'occasion on sortira de ce camion et on retournera au bureau de poste, d'accord ?

Ou alors...
Non, non, non ! Arrête de penser, s'il te plaît !
On va tous dans le paquet, ils nous déposent dans un avion...
Une fois dans l'avion, on prend les commandes et on détourne l'avion jusqu'à Avignon !

C'EST PAS UN PLAN GÉNIAL?!
Ah, ça vaut le coup d'être tenté!
NON NON ET NON!!!
On va se remettre dans le paquet et attendre qu'ils nous déchargent.

Une fois dehors, on en profitera pour filer et on avisera après...
Allez, tout le monde dans le paquet.
est un peu serré...
Chhht... Je crois que le camion ralentit.
Il s'est arrêté...
On doit être arrivé à l'aéroport.
Quelqu'un a pris le paquet !
Parfait... On attend qu'il nous dépose et on y va.

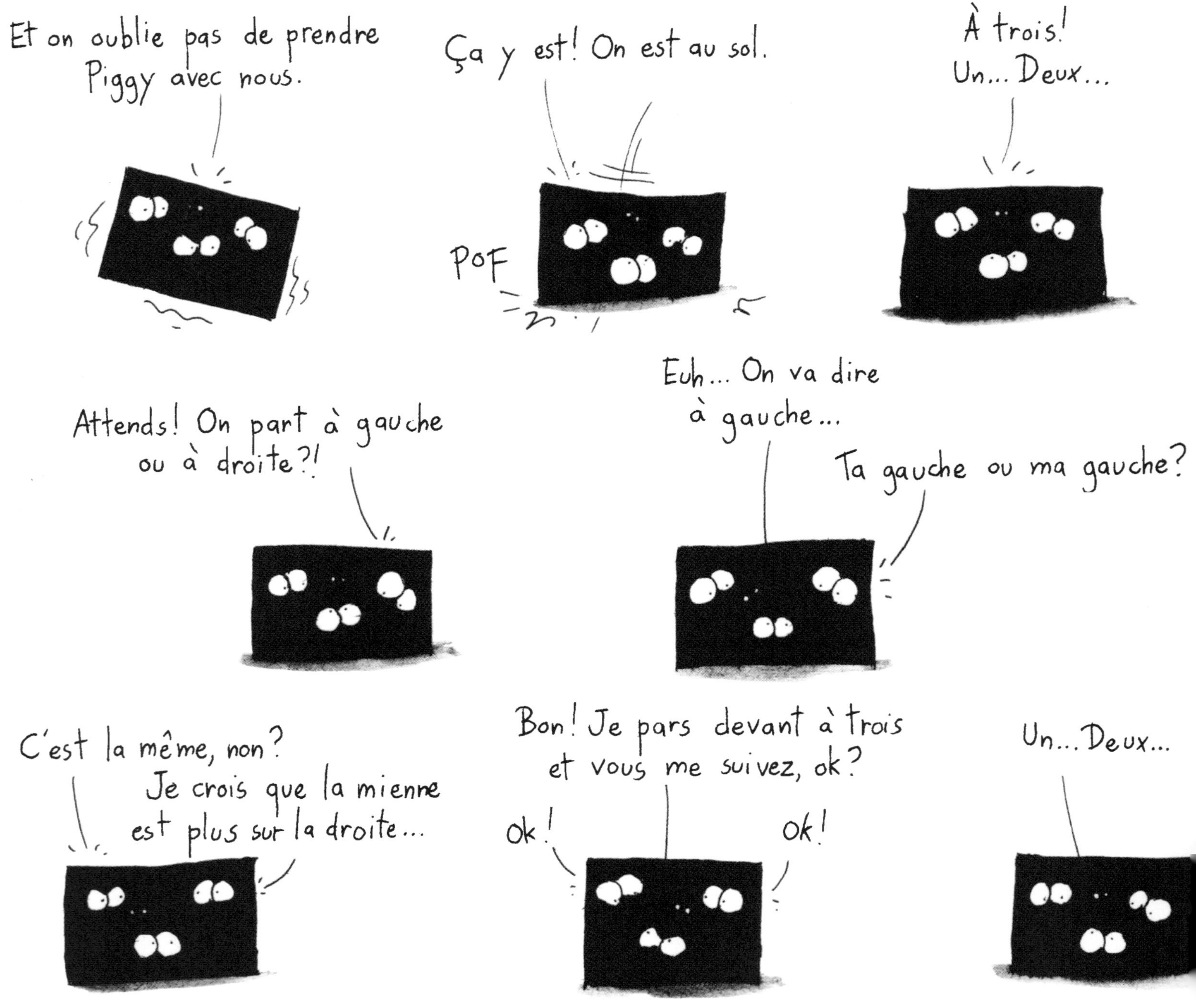

Et on oublie pas de prendre Piggy avec nous.
Ça y est! On est au sol.
POF
À trois! Un... Deux...
Attends! On part à gauche ou à droite?!
Euh... On va dire à gauche...
Ta gauche ou ma gauche?
C'est la même, non?
Je crois que la mienne est plus sur la droite...
Bon! Je pars devant à trois et vous me suivez, ok?
Ok!
Ok!
Un... Deux...

TROIS !!!
lais ! On est toujours dans le camion !
Non, celui-ci a l'air plus gros...

BROOOOOOO!!!
QU'EST-CE QUI SE PASSE?!!
BUUUUUU!!!
RROOOOOO!!
Je... Je crois que...

Je crois qu'on part pour les Philippines...
BROOOOOOOOO.

Qu'est-ce qu'on fait?
Je...
Je sais pas...
Vous... Vous avez une idée?

Chef! Le commandant du vol à destination des Philippines nous appelle en urgence...

Il nous demande la procédure en cas de détournement d'avion par un cochon, un canard et un lapin...

Commandant, quelles sont leurs revendications?
Je ne suis pas sûr, je crois qu'ils veulent aller à Avignon...
Du moins ils en donnent l'impression...
AVIGNON
Ils ont l'air dangereux?
AVIGNON

COIN!!
IGNON
Bah oui, un peu quand même...
IGNON
Bien, faites ce qu'ils vous demandent.
IGNON
Bon, on va à Avignon!
IGNON

Ça y est ! On va à Avignon !
Vous êtes sûrs ?
Oui, le commandant a changé de cap...
On va droi sur Avignon
Piggy grandira pas dans les Philippines, elle ira bien retrouver ses parents à Avignon...
Au fait, les tarsiers ?
Quoi, les tarsiers ?
Si Piggy était dans le paquet pour les Philippines, alors ça veut dire que...

Les enfants, j'ai le pressentiment qu'on arrive bientôt !
Ouée !
Oué !
Youpi !
DUCHAMEL

Blabla...
Mâche Mâche...
DING DONG
Ah!
Tes maîtres, Monsieur et Madame Duchamel, ne sont pas là ?
Maw

J'ai un paquet pour eux. Est-ce que tu peux t'en occuper le temps qu'ils reviennent?
Miaou
Parfait! Il faudrait juste que tu signes ici...
CRITCH
RITCH
Et là...
Non pas là, juste ici.
SCR...

Voilà ! Parfait !
SCRATCH
SCRATCH...
Merci ! Bonne journée !!
Qu'est-ce que ça peut être ce machin?
J'ai pas le souvenir qu'ils aient commandé quoi que ce soit...
Bah, on verra plus tard...

Bla bla bla!
Bla bla...
blublu?
blo.
SMURF
blublo?
blu!
Mâche
Mâche
blablablu!!!

blublo!
bloblobl o!
SCRUNCH
Mâche Mâche
?
Mais t'es qui toi?!
C'est mon frangin!

Ton frangin?! Mais toi, qui t'es?!
Ma frangine.
Que?! Mais qu'est-ce que vous foutez chez moi?!
Ben... On en sait rien!
On pensait rentrer chez nous.
VOUS POURRIEZ PAS APPARAÎTRE TOUS EN MÊME TEMPS ET ME DIRE EXACTEMENT QUI VOUS ÊTES?!

Ce sont nos enfants !
Que... Vous étiez tous dans le paquet ?!
Oui, on pensait arriver dans les Philippines !
Les Philippines ? Mais non, ici on est chez Monsieur et Madame Duchamel à Avignon !
Avignon ?
Mais c'est une catastrophe ! Notre paquet et celui du bébé ont été inversés !

e bébé ? uel bébé ?
Le bébé que devaient apporter le cochon, le canard et le lapin à vos maîtres.
À mes maîtres ? Mes maîtres vont avoir un bébé ?
Malheureusement non...
Le cochon, le canard et le lapin t envoyé deux paquets, l'un pour Avignon vec le bébé et un autre avec nous pour les Philippines...
Les paquets ont été inversés...
Si nous sommes là, c'est que le bébé est dans le paquet pour les Philippines.

En gros, mes maîtres vont avoir un bébé mais il est en route pour les Philippines ?!
Oui, c'est à peu près ça...
Mais il faut empêcher ça! Il faut le retrouver!!
Mais c'est impossible!
FLASH SPÉCIAL!! On vient d'apprendre qu'un avion à destination des Philippines a été détourné...

Il semblerait que des terroristes
éguisés en cochon, en canard et en lapin
aient pris le contrôle de l'appareil...
Ils se dirigent en ce moment
même vers Avignon
HA! HA! Eh bien
tout s'arrange!
C'est incroyable...
a police est déjà prête à les accueillir
et à leur en mettre plein la gueule...
Je crois que ça redevient
problématique...

Pour le moment, on ne peut pas faire grand-chose pour les tarsiers...
Amenons Piggy chez ses parents, on les aidera une fois là-bas.
Reposons-nous en attendant d'arriver!!
Ouaip! Je serais pas contre une petite sieste...
Je crois qu'on a jamais été aussi près du but...

CLOP

CLOP
CLOP CLOP
CLOP CLOP
CLOP CLOP
CLOP CLOP
CLOP CLOP
CLOP CLOP
CLOP CLOP

Psssssst...

Mgnmrgnn...
GNNAAAA!!!...
MAIS QU'EST-CE QUI SE PASSE?!!
Je crois que j'ai fait une bêtise...
Est-ce que tu pourrais essayer de refermer la trappe?!

Essaye le gros bouton rouge !

Ça marche pas !!!
Ga ?
CLOP
CLOP
CLOP
CLOP
CLOP

Il doit y avoir un problème avec les circuits!
Le réparer?
Je vais le réparer!
Ouais, t'en fais pas! Je m'y connais à fond en plomberie!
En électronique tu veux dire?!
Ouais, ouais! Ça aussi je connais!

Bop
CLOC
ROL ROL ROL ROL ROL ROL ROL ROL
Bop
PIGGY!!!!
PIGGY!!!!

Mu?
MAIS QU'EST-CE QUE?!!

T'en fais pas! On arrive!!
MAIS!! QU'EST-CE QUE VOUS FOUTEZ LÀ?!

ET IL EST OÙ L'AVION?!!
Il est resté là-haut!
JE L'AI!!

C'EST BIEN, MAIS MAINTENANT
ON FAIT QUOI ?!
J'ai une idée !
Accrochez-vous à moi !

Et après ?
Après on souffle
tous vers le sol pour
ralentir la chute !

C'EST ÇA TON PLAN?!!
FUUUUU!
FUUUU!
FUUU!
FUUUU!
FLOP

Merci Piggy!
!

On rejoint notre envoyé spécial à Avignon...
Ils vont reparler d'eux !
Oui ! Ici c'est l'excitation générale !
DIRECT
Les terroristes déguisés en cochon, en canard et en lapin viennent de se parachuter au-dessus d'Avignon !
DIRECT
Et à la stupeur générale, on vient de s'apercevoir qu'ils ont pris un bébé en otage !
DIRECT

Pour le moment, ils descendent doucement au-dessus du Palais des Papes...
DIRECT
Mais la police s'apprête à les intercepter dès qu'ils seront au sol...
LE PALAIS DES PAPES !
Je sais où c'est ! Il faut aller les chercher !
Venez, il est encore temps de les sauver !!!

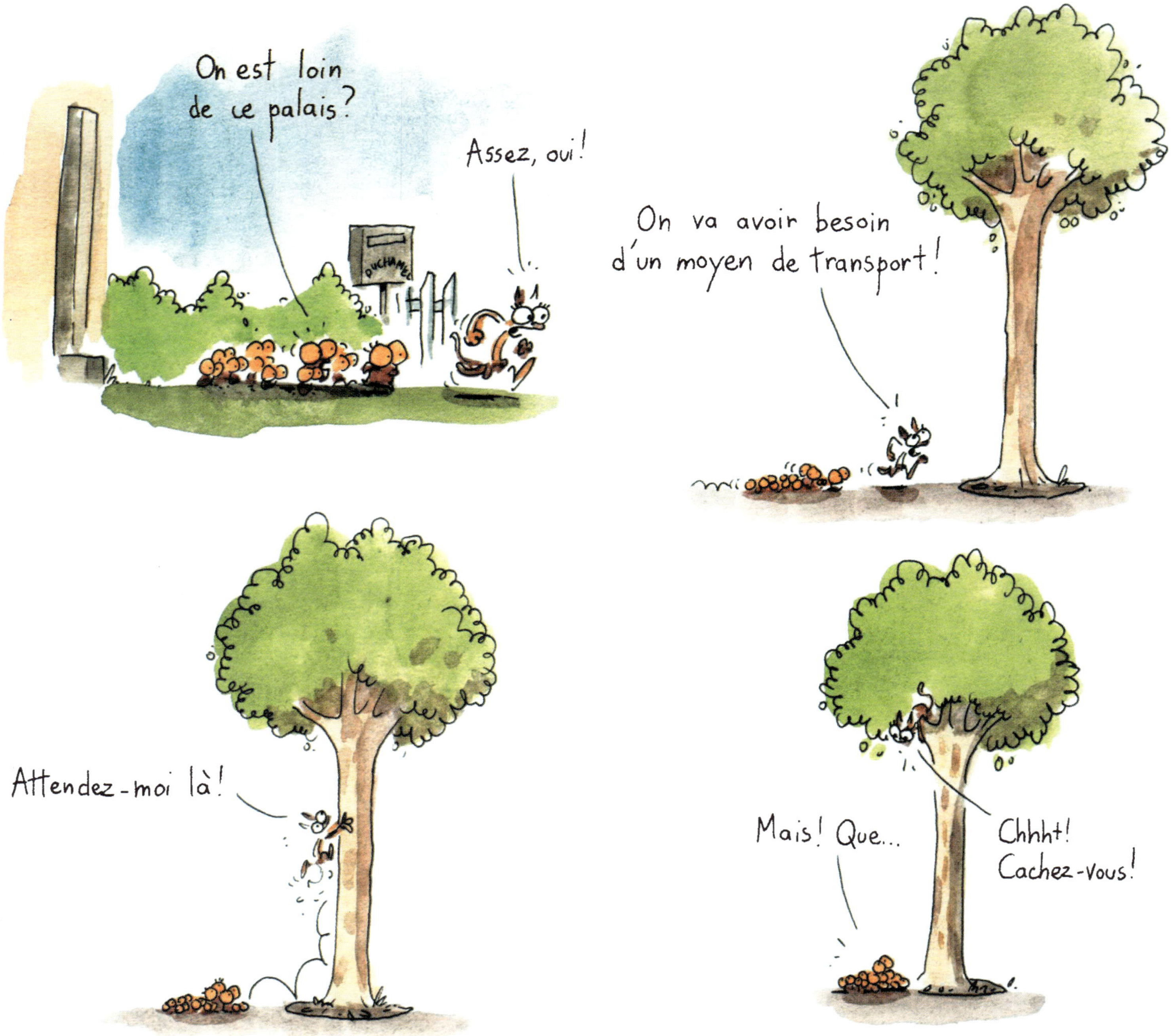

On est loin de ce palais?
Assez, oui!
On va avoir besoin d'un moyen de transport!
Attendez-moi là!
Mais! Que...
Chhht! Cachez-vous!

MIAW! MIAW!
MIAW! MIAW!
OH! LE PAUVRE MINET!!!
LES POMPIERS!! APPELEZ LES POMPIERS!!!
PINPONPINPONPINPON!!!

PINPONPINPONPINPON
Tout va bien !
On est là petit chat !
BOP

Mgnfnmgnmr
Henri? Ça va?
SBOM
PAF
PLAF
ALLEZ! EN VOITURE!
Ouééé
Ouéé
Ouééé

Tu tiens bien Piggy hein? Tu tiens?!
REGARDEZ, LÀ, EN BAS!!
C'est Avignon!

ON A RÉUSSI!!
On est quand même à une centaine de mètres du sol de la réussite...
Je sais pas si Piggy tiendra jusque-là!
Pour plus de sécurité, je propose que celui qui est le plus bas saute...
Hein?!
Une fois au sol, il s'occupe de réceptionner les autres. Ok?!
PAS OK! PAS OK DU TOUT!

Mais enfin ! Mets-y un peu de bonne volonté !!
BAH VAS-Y TOI !!! T'ES UN CANARD !!! TU SAIS VOLER, NON ?!
ET COMMENT JE VOLERAIS AVEC VOUS DEUX ACCROCHÉS À MES PATTES ?!
C'EST PAS MON PROBLÈME !!!
Et puis je vois pas de quoi t'as peur !! Un lapin ça saute haut DONC ça retombe de haut !!
ATTENTION ! LA STATUE !

PLAF
JE LA TIENS!!!
JE LA TIENS!!!
C'est parfait ! On va pouvoir descendre !
LÂCHE, PIGGY!!!
IL FAUT LÂCHER MAINTENANT!
D'ACCORD?!

Ga!
SHPLAF!!!
Ça va?! Piggy va bien?
Mgnfrmgn...

Bon... Et maintenant ?

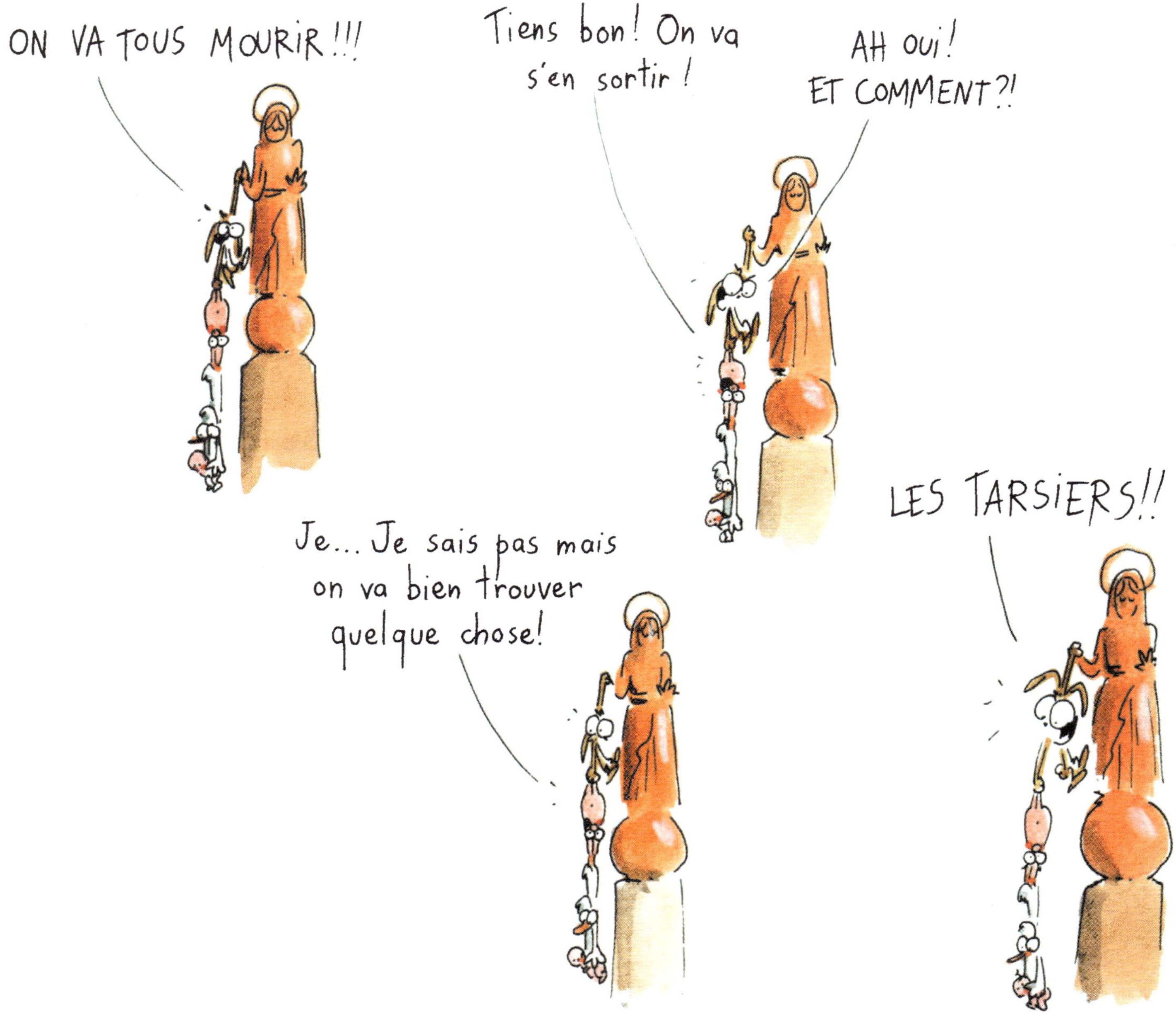
ON VA TOUS MOURIR !!!
Tiens bon ! On va s'en sortir !
AH oui ! ET COMMENT ?!
Je... Je sais pas mais on va bien trouver quelque chose !
LES TARSIERS !!

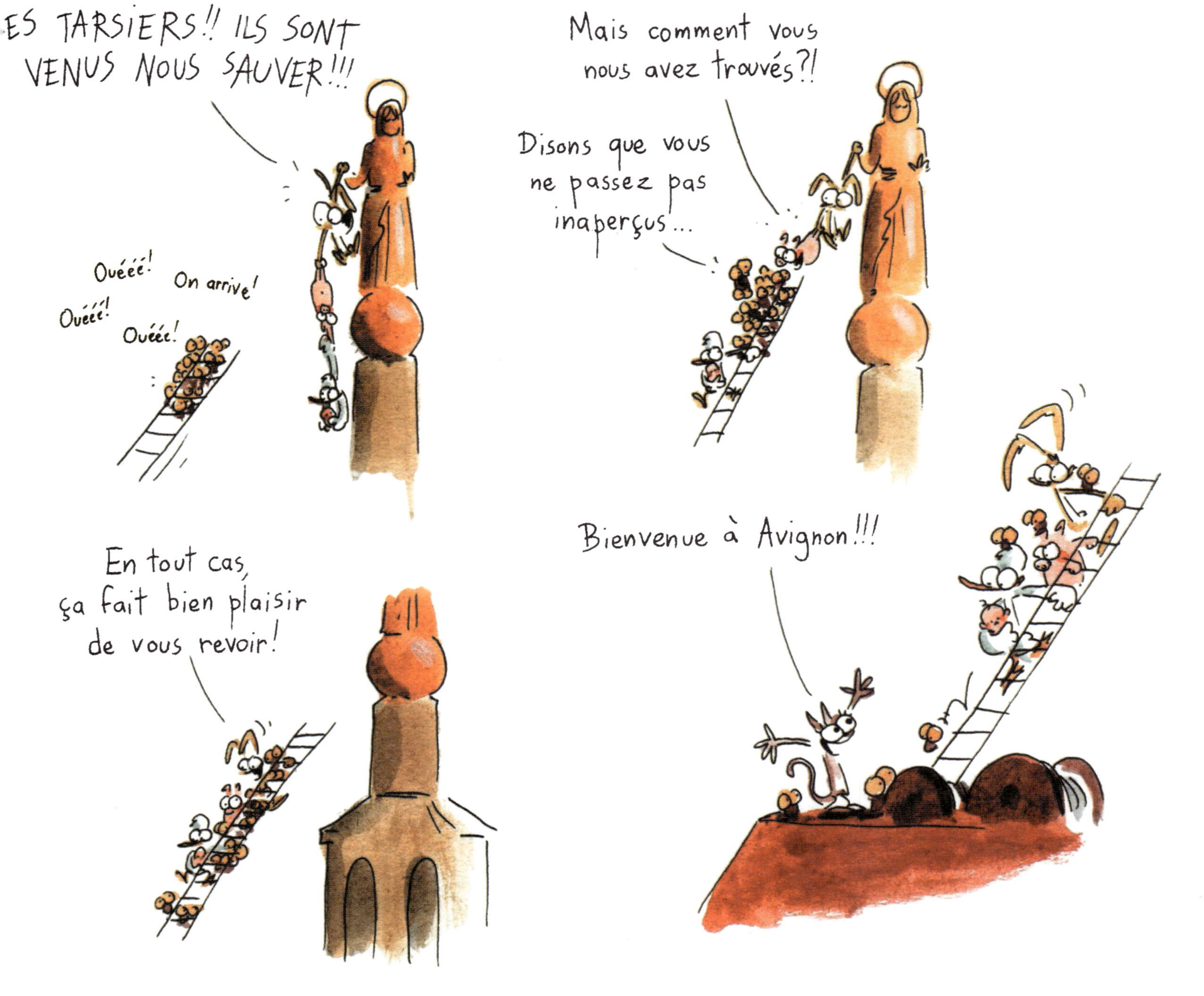

ES TARSIERS !! ILS SONT VENUS NOUS SAUVER !!!
Ouééé !
On arrive !
Ouééé !
Ouééé !
Mais comment vous nous avez trouvés ?!
Disons que vous ne passez pas inaperçus…
En tout cas, ça fait bien plaisir de vous revoir !
Bienvenue à Avignon !!!

Je suis Minnie, la chatte de M. et Mme Duchamel...
C'est grâce à elle qu'on vous a retrouvés !
Et bien ! On vous doit une fière chandelle.
Grâce à vous, je crois que ce cauchemar est terminé...
PERSONNE NE BOUGE !!!

VOUS ÊTES CERNÉS !!!

Dites... Ils sont sacrément réalistes leurs costumes...
Ouaip... Heureusement qu'on a l'œil.
RELÂCHEZ LE BÉBÉ IMMÉDIATEMENT!!!
Nous avons déposé un panier! Placez-y l'enfant tout de suite!

Qu... Qu'est-ce qu'on fait?
Je crois qu'on n'a pas le choix, il faut leur donner le bébé...
HEIN?!!
Mais on peut pas faire ça!!
Ils connaissent pas l'adresse! Ils pourront jamais l'amener à ses parents!!!
Je sais bien... Mais j'ai trop peur de la mettre en danger.

Comment vous voulez qu'on puisse s'enfuir d'ici avec tous ces policiers...
Il faut se rendre à l'évidence, on est bien trop idiots pour prendre soin d'elle...
Parlez pour vous!
Depuis qu'elle est avec nous, elle a failli finir en gigot, être pietinée par des footballeurs, catapultée, tirée dessus, envoyée aux Philippines, jetée d'un avion... Avec eux, elle sera en sécurité...
Mais c'est trop bête! On est si près du but!

Si on leur donne Piggy, elle sera orpheline...
Je sais bien...
Mais au moins, elle ne sera plus en danger...

Je vois qu'on devient raisonnable...
C'est que je sais les faire plier, moi, les terroristes...
Allons petit bébé, je te délivre de ces dangereux maniaques!
Ga?
Ils ne t'ont jamais aimé, ceux-là!
Ga!

Ils ne feraient aucun effort pour prendre soin de toi.
Ils t'avaient prise en otage mais ils t'abandonnent dès le premier pépin, ces gros lâches...
On était si près du but. J'arrive pas à y cr...
BOMF
GROSINK

DÉMARREZ LE CAMION!!!

Quoi?! Tu as changé d'avis?!

Tu disais qu'on était trop bête pour prendre soin d'elle !
On est peut-être trop bête pour prendre soin d'elle...
Mais on est bien trop têtu pour la laisser tomber !
Et où on va ?

Chez les parents de Piggy.
C'EST PARTI.
VROAAAM

VROAM
Ils nous rattrapent!!
Va plus vite!!
Je suis à Fond!!!

Attendez!! J'ai un plan! Suivez-moi!
Aidez-moi à dérouler le tuyau!!
On va les arroser ça va les ralentir!!
Ah! Ah! Bonne idée!
Quand je dis "GO" tu mets la pression à fond!
À fond? Ça risque de

GO!!
KLONK
SPLATCH
BAISSE LA PRESSION!!

KLAK
PLAF
L'autre?! Où il est?!
Hein?

LÀ ! IL EST LÀ-BAS !
VA-T'EN DE LÀ, SALE TERRORISTE !!

LÂCHE ÇA!!
LÂCHE!! LÂCHE!!
RALENTISSEZ! ON A PERDU LE LAPIN!!

JE TE DIS
DE LÂCHER!!

GROUIIIK
Ça va ?!

Heureusement
que je suis là, hein ?!

CRASH
BOMF
RALENTIS !! ON L'A ENCORE PERDU !!
NON, IL EST LÀ-BAS !!!

Il se rapproche!!
On va l'attraper!
On y est presque!!
Attrape ma main!!!

BLAM !!

IL KIDNAPPE PIGGY !!!

ON DOIT FAIRE QUELQUE CHOSE!!!
JE L'AI! JE L'AI!!
YAAAAAAA!!!...

DONNEZ-MOI ÇA !!

PIGGY!!!
PIGGY!!!
J'Y VAIS!!
Ga!
PLAF
VAS-Y! PRESSION À FOND!
KLAK

JE L'AI!!!

IL VA S'ÉCRASER !!!
Flap Flap Flap
FLOUP

J'AI LE BÉBÉ!!

JE TE TIENS!!

LAISSEZ-NOUS CE BÉBÉ!!
GROÏNK!!

ON Y VA LES ENFANTS!!!
OUÉÉÉ!!!
LÂCHEZ LE BÉBÉ!!!

PRENDS ÇA!
ET ÇA!
MÉCHANT!
VILAIN!
ET PAF!

AAAAAAH!!!

JE VAIS TOMBER!!!
TOMBE PAS! TOMBE PAS!
C'EST BON! JE TE TIENS!
TOUT VA BIEN! JE LÂCHERAI PAS!!!
C'est gentil mais qui conduit le camion ?

Ah oui...

ON SAUTE !!!
SPLATCH
va? Le bébé va bien?
Ga!
Je l'ai
Je l'ai
Je l'ai
Je l'ai...
Où sont les autres?
ON ARRIVE !!!

SAUTEZ DANS LE CAMION!!!

BOMF

C'EST BON! ON LES A!!!

FAITES DEMI-TOUR!!!

Vous faites attention aux passants, les enfants !
Oui maman !
Ils sont toujours à nos basques !

l faut les semer avant d'arriver chez les parents de Piggy!
Tenez! On va passer par ce pont, là-bas!!
D'accord!
Que... Le Pont?!
NON, PAS LE PONT!!!

Qu'est-ce que?!
IL EST PAS FINI!!
Mais qu'est-ce que c'est que cette ville de feignasses où ils réparent pas les ponts?!
On est pris au piège!
DESCENDEZ DE CE CAMION!

VOUS POUVEZ PLUS
VOUS ÉCHAPPER !
Bon

On a plus le choix...
Il ne reste qu'une seule chose à faire...
Vroooooooooooo......

SCRISSSS!!!

VROOAAAMM!!!

SPLATCH!!

Qu'est-ce que?
Ils ont essayé de sauter sur l'autre rive, chef!
Blub
Blob

Mais ils sont crétins ou quoi ?! C'était impossible !
Ils "étaient" crétins, chef...
Bon ! On peut plus faire grand-chose pour eux !
GRAT'
Reste plus qu'à rentrer au poste et classer l'affaire...
Pauvre bébé...

Je crois bien
qu ils sont partis...

Ah! Ah! Quelle bande de truffes!!
Excellent, ce plan!
J'étais sûr que ça marcherait!
Ouéé!
Ouéé!
Ouéé!
Bon... On remonte?
Ga!

Quelqu'un a une idée
pour qu'on rejoigne
la maison discrètement ?

Moi j'aurais une idée...

Continuez tout droit, ensuite prenez à droite au prochain carrefour...

Voilà... C'est là-bas.

Eh bien! J'ai cru qu'on y arriverait jamais!
C'est émouvant

Vous n'avez qu'à la déposer sur le pas de la porte... Je vais aller les chercher...
DUCHAMEL
On vous attend ici!

Merci encore pour tout!
Bon et bien cette fois, c'est la bonne...
On te dit au revoir Pig...
Et si on la gardait?
Pardon?!
Pourquoi on leur donnerait? Après tout le mal qu'on s'est donné!

Mais enfin, sois raisonnable! On peut pas faire ça!
Et pourquoi pas? On s'est bien occupé d'elle jusque-là malgré tout!
Elle pourra vivre dans mon clapier!
Oui! Et moi je lui apprendr à nager dans l'étang
Mais... Mais...
Moi, je suis prêt à tout pour m'en occuper!
Moi aussi!
Sprotch

En même temps, est-ce bien raisonnable?
Oui avec la conjoncture actuelle, on ne peut pas vraiment se le permettre...
Qu'est-ce qu'il y a, Minnie? Tu veux nous montrer quelque chose?
Maw! Maw!
C'est dehors?
Maw!
Qu'est-ce que?!

Chérie!!! Il y a un bébé sur le pas de la porte!!!
Un bébé?
La cigogne! C'est la cigogne qui nous l'apporte!
La cigogne mon cuCHHHT!
C'est une fille ou un garçon?
Une fille!
Ga!
Il faut lui trouver un prénom.
mmmh...

Elle s'appelera Pauline...
SON NOM C'EST PIGGY!!!
C'était quoi ce bruit?!
On aurait dit un canard!
Grmblm
CHHHHT
C'est comme si ce canard lui souhaitait la bienvenue!
Bon rentrons, elle doit avoir besoin de se reposer après son long voyage...
Et d'être lavée aussi...
CLOC

Bon…
Tu crois qu'ils s'en occuperont bien ?
Ils m'ont pas l'air très nets ces deux zozos…
Je crois qu'on peut leur faire confiance, oui…
Allez, on rentre à la maison.

Finalement nos trois compères
et leurs amis les tarsiers
prirent le chemin du retour...

En route ils aidèrent
les tarsiers à rentrer
chez eux...

Le lapin et le canard élaborèrent quelques engins dans le but de rentrer chez eux plus vite.

Mais finalement ils rentrèrent tous tranquillement à pieds...

Ah! Quel plaisir de retrouver son chez-soi!
Quand on va raconter notre aventure aux copains, ils ne voudront pas y croire!
Qu'est-ce que tu cherches?
Il me semble que j'avais fait tomber une pomme dans le coin...
MAIS... C'EST VOUS?!!

Quel plaisir de vous revoir !!
C'est lui la cigogne ?
Alors, le voyage s'est bien passé
On a connu plus reposant...
Et au fait, votre aile ? Ça va mieux ?
Ah ! Mon aile !! Vous allez rire !

Figurez vous qu'elle n'était pas cassée, mais juste endolorie par ma chute !!
Alors j'ai voulu vous retrouver pour récupérer le bébé et m'en occuper !
Et puis je me suis dit que j'allais vous le laisser ! Vous aviez tellement insisté pour vous en occuper !!
Avouez que c'était cocasse comme situation !
Hu ! Hu !

Vous ne trouvez pas ?
Ah Ah Ah
Ah Ah Ah ah...

DU CALME!
DU CALME!

Calmez-vous... Je m'en occupe...
Vos amis ont l'air de m'en vouloir, non?
Disons que le voyage a été un peu chaotique...

Quelle bande d'ingrats! Je leur fais partager un des plus beaux métiers du monde et voilà comment ils me remercient...
Vous avez bien raison! Ce sont des ingrats! Mais moi, je tenais à vous remercier!
Ah oui?!
Figurez vous que pendant notre voyage, mes deux amis ont mis au point un moyen de locomotion qui pourrait révolutionner votre métier!
Ah tiens?
Quel est-il?
Un arbre, un gros caillou et une corde et zou! Ça vous propulse directement là où vous souhaitez aller!
Et ça marche bien?
Imaginez le gain de temps!

Très bien oui! Pour vous remercier, je tiens à vous le faire essayer
C'est pas dangereux au moins?

Pensez donc... Je l'ai testée moi-même...

Un bébé à livrer

de **Benjamin Renner**

Seconde édition / Troisième tirage

Troisième ouvrage de la collection
Bête comme chou

Maternité : **Vraoum**
Éditeur grognon cochon : **Wandrille**
Lapine assistante en chef : **Agathe Friguet**
Serpent correcteur à lunette : **Benoit Preteseille**

Ruche éditoriale : **Steinkis groupe**
Reine des abeilles : **Moïse Kissous**
Tarsis de presse : **Marie Fabbri**

Rusée renarde relectrice : **Nina Steffan**

Cigogne de livraison : **Flammarion UD**

A été achevé d'imprimer sur les presses de **Standartu**

Dépôt légal : premier semestre 2011 pour la première édition
Troisième trimestre 2015 pour la présente édition
ISBN 9782365351249

www.vraoum.eu

Ce livre a été nominé aux *incontournab*
du festival international d'Angoule
en 20

du même **Benjamin Renn**

Le Grand méchant rena
Éditions Delcourt 20

Ernest et Célesti
(Long métrage 201

La Queue de la sou
(Court métrage 200

Le Corbeau voulant imiter l'aig
(Court métrag

Le Plus gros Président du mon
(Court métrag

Typographie **Phylact**
© Florent Courta